KB254125

안녕하세요, 작가 연서입니다.

<작가 소개>

글, 앙꼬, 친구.
이 세 가지만으로도 행복을 채울 수 있는 사람이다.
세계 평화라는 거대한 꿈을 꾸면서도,
하루를 버티다 끝내 내일을 기대하게 된 인간일 뿐이다.
럭키 힐링버드 그리고 날씨 요정이 되는 것이 목표.

책을 펼친 당신에게

꿈은 세계 평화, 목표는 날씨 요정인 작가의 자전적인 이야기.

'2023년 2월, 가슴 시린 추위마저 잊었던 어느 겨울날. 나를 무너뜨리기도 일으켜 세우기도 했던 그때. 그 기억이 나의 두번째 챕터 속 첫 문장이 된다는 것을 그때의 나는 알았을까.'

두 번의 겨울을 지나 나에게도 봄이 온다는 것을 알게 된 사람의 이야기이다. 제목 그대로 밥알 하나, 물 한 모금 삼키지 못했던 때에서 드디어 건강을 되찾고 매일을 기대하게 된 때로 다다른 여정을 담았다.

끝없이 미움 받고 손가락질 받던 나, 세상에 필요한 사람이 아니라고 비난 받았던 나, 수많은 알약 사이로 스스로를 던져버리던 나를 차곡차곡 모아서 마음 속 상자에 잘 넣어두기까지 참 오래도 걸렸더란다.

그저 하루를 버티고 있는 당신에게,
나의 쓸모를 찾고 있는 당신에게,
나조차 내 편이 되어주지 못하는 당신에게,
어쩌면 이 각박한 세상에 함께 발을 내딛는 우리 모두에게 전하는 이야기이다.

'걱정 마세요, 이 책의 끝은 무난한 해피엔딩이니까요. 내가 잘 살기로 마음 먹었으면 다 해피엔딩 아닌가요?

너네가 뭐라고 하든, 난 내일 아침에 눈도 뜨고 아침도 먹을 거야.'

이 작은 마음으로 시작된 인생의 2막에 당신을 초대하고 싶은데, 같이 가보시겠습니까? 특이하기도, 특별하기도 한 한 사람의 이야기이며 때로 안쓰럽기도, 대견하기도 한 이야기이다.

분명 유쾌한 어투인데 읽다 보면 괜히 울컥하는, 따뜻한 아이스 아메리카노 같은 책이기를 바라고 나도 나를 사랑하고 싶었다는 것을 알게 해주는 책이 되기를 바란다.

목차

< 안녕, 나의 어둠아. >

어린 시절 '어둠'이라는 단어는 그저 어두운 장소나 빛이 안 들어 어둠이 내려앉은 분위기 정도였다. 크게 겁이 많지는 않았어도 어두운 밤에는 귀신이 무섭기도 하고 동생이 침대 밑으로 떨어뜨린 장난감 정도가 무서운 나였다. 커가면서 인생에는 어둠의 시기가 있다는 말, 어둡고 긴 터널을 지날 수도 있다는 말을 자주 들었지만 내가 밝게 길을 비추면 된다는 생각이었다.

어릴적 나는 그만큼 밝고 환한 사람이었을 것이라는 생각이 든다. 어떤 어둠을 만나도 언제든 밝힐 수 있다는 자신감으로 가득찬 사람이었을 것이다.

어둠을 만나게 된 시기는 그리 늦게 찾아오지 않았다. 사회에 첫 발을 내딛었을 때, 무엇이든 할 수 있을 것이라는 자신감으로 가득했을 때 가장 어두운 경험을 하게 되었으니까.

대학에 입학하고 여러 사람을 만나며 하루하루 생기 있고 행복한 날들을 보내던 어느 날이었다. 한 팀의 리더로서, 한 사람의 동기로서, 누군가의 제자로서 열심히 살아가고 있었다.

나는 새로운 일을 시도하는 것을 겁내지 않았고 때로 겁이 나더라도 용기 있게 도전하는 사람이었다. 나의 감정보다 도전이 우선이었던 나날들이었고 매일 반복되는 일에도, 처음 겪는 일에도 늘 함박웃음을 지었던 시간이었다. 그래서 나는 내가 어둠에 물들고 있다는 것을 일찍 알아채지 못했을지도 모른다.

나의 이름은 참 다양했다. 분대장, 선임, 소대장, 인사참모 등 여러 직책과 자리를 거치며 한 뼘씩 성장하고 있었다. 다양한 이름으로 불리며 뜻깊은 시간을 많이 겪었기에 내 인생의 주인공은 분명 나라는 오만으로 가득차 있던 시간이기도 했다. 그래서였는지, 내가 내 인생의 주인공이라고 생각해서 그런 일을 겪게 되었는지도 모른다.

나의 첫 어둠은 사람이었다. 사람이라면 누구나 두려운 대상이 있을 것이다. 그러나 내가 겪은 사람의 어둠은 조금 달랐다. 가장 아끼고 사랑하던 사람이었기 때문이다. 때로 연인이었고, 친구였고, 동기였던 사람들이었다. 그중 나의 가장 큰 어둠은 나의 스승이었다.

< 나의 어둠 기록 #1 >

-당신은 혼자가 아니다.
-누군가 같은 어둠을 지날 때, 마음 한 켠의 공감과 위로가 되기를.

1. 내 나이 스물

우울은 그런 것일까? 행복함이 하나도 남지 않는 것, 불과 몇 시간 전 내게 있었던 행복들이 모조리 사라지는 것.

같이 먹고 싶은 게 생기면 마냥 좋았다. 내 속을 들키지 않고도 즐겁게 시간을 보낼 이유가 생긴 것만 같아서. 마치 내가 아주 멀쩡한 것 같았다. 하고 싶은 게 있는 것은 그런 것이었다. 자그마한 생기를 품은 것.

나는 분명 행복했다. 행복하다 믿었던 순간들이, 시간들이 참으로 선명했다. 선명하고 반짝 빛이 났지만 금세 사그라들어버렸다. 웃음기 하나 남지 않았을 때에는 내게 행복함이 남아있지 않다는 것 정도는 금방 알 수 있었다. 어디로 간 걸까, 왜 그 시간들이 그렇게 끝나버린 걸까. 어떻게 다시 찾을 수 있을까?

내 속을 드러내는 일
내 불안을 보여주는 일
내 우울을 인정하는 일
그리고 이 모든 것을 함께 하는 일

어쩌면 영원히 불가능한 것일지도 모르겠다. 지금은 할 수 없는 일이니.

나는 참 용기가 부족하다. 시도 때도 없이 바뀌는 감정들을 정의내리지 못한다. 사람들은 어떻게 스스로의 감정을 자기가 알지 못하냐고 하겠지만, 분명 그 애도 그랬지만─ 나는 그게 어려웠다. 나에게는 그게 참 불가능했다. 내가 느끼는 감정이 무엇인지 알기까지, 알아내기까지 참 오래도 걸렸다. 끝내 알지 못하고 넘어가는 감정들도, 순간들도 정말 많았다.

나를 내가 가장 모르는 것 같아서 그런 순간들마다 나는 꽤 아주 오래 괴로웠다. 참 못난 나라고 생각했다. 남을 들여다 볼 여유 따윈 없는 거구나 했다. 이 사실을 모두 알았을 때 나는 고작 스물 즈음이었다.

2. 용기가 필요해

때로는 너무 힘이 드는 이 순간이, 아무 감정 없이 보내는 이 시간들이 오히려 도움이 되어줄 때가 있다. 크게 힘 들이지 않고도 감정 쏟지 않고도 할 수 있게 만드는 묘한 힘이 생긴다. 그마저도 해내야지 살아갈 수 있으니까. 그러니까 나를 살아가게 해주는 일종의 배려가 아닐까?

용기를 내봐. 용기를 내보자. 하고 싶은 일을 해보자. 이루고 싶은 걸 이뤄보자.

무기력함에 맞설 수 있는 방법을 아직 못 찾았다. 누가 내게 와서 알려주고 가면 참 좋으련만. 부족함 많은 나이더라도 충분히 해낼 수 있다고 용기를 주면 좋으련만.

3. 스승의 은혜

그때의 나는 자아를 지워야 했다. 단순히 순응하는 것을 넘어, 나를 온전히 지워내야 했다. 나를 비우다 못해 흔적 없이 지워내고 나면 그제야 내 존재를 드러낼 수 있었다. 말 한 마디, 손짓 하나 마음대로 할 수는 없었어도 좋았다. 미소 정도는 지어볼 수 있다는 것에 안도했다.

희미한 선 하나 남은 듯한 내 존재가 오히려 특별하게 느껴지기도 했다. 뚜렷한 사람들 사이에서 당신이 원하는 희미한 나의 모습이 특별했다. 나는 그렇게 내 존재를 드러냈다. 사람들 사이에 활발히 섞이기보다, 뚜렷한 말들을 꺼내기보다 그저 당신이 원하는 대로 나를 만들어냈다.

때로 본래의 나와 다르더라도 당신에게 내 쓸모를 증명하는 과정이 기쁘기까지 했다. 이제 좀 봐줄 만하다는 말에 안도하고, 기뻐하고 경이를 느끼는 시간들이었다.

어쩌면 나는 그래서 나를 잃어버렸었나보다. 나를 지우고 또 지운 후에 가짜로 채워넣었으니까 본래 그 자리에 무엇이 있었는지조차 찾지 못했었나보다. 다시 나를 진짜 나로 채우는 시간 속에는 정말 많은 눈물과 노력이 필요했다. 하루하루가 고통스러웠다. 내가 뭘 먹고 싶은지, 지금 감정은 어떤지, 몸의 상태는

어떠한지 등 작은 의사 표현을 할 수 있기까지 오래도 걸렸다.

차라리 나를 지웠던 때로 돌아가고 싶을 때도 있었다. 진짜 내 마음으로 하는 일이 없던 때라도 괜찮으니, 내가 아무것도 다시 느끼지 못하도록 나를 다시 사라지게 해달라고 애원할 때도 있었다.

그만큼 트라우마는 짙었다. 아무리 발버둥치고 소리를 질러도, 잔상은 나를 떠나지 않았다. 감정을, 내 마음을 되찾은 것이 되려 나를 더 괴롭혔다. 부당한 일을 부당하게 느끼는 것, 기쁜 일을 기뻐하게 하는 것, 슬픈 일을 슬퍼하게 하는 것. 당연한 감정을 다시 느껴야 하는 시간들로 인해 쓰리고 아렸다. 마음이 정말 찢어지기도 한다는 것을 재차 느낀 시간들이었다.

그래도 버텼다. 이를 악 물고라도 버텼다. 10분, 30분, 1시간 그리고 하루. 이렇게 조금씩 버티는 시간을 늘려갔다. 처음 10분을 눈물로 채워보기도 하고 30분을 버티기 위해 노력해보기도 하며 누구도 알 수 없는 무지의 시간들을 보냈다.

하루를 버티고 버티는 것이 나의 당시 가장 큰 목표였다. 하루만이라도 잘 버텨서 잠에 들고 싶었다. 내일 눈을 뜨는 것이 아니라 오늘 잠에 드는 것이 나의 바람이었다. 내일 눈을 뜨지 않게 해주세요, 라는 기도를 끝으로 깊은 잠에 빠지기 위해 한나절을 꼬박 참아냈다.

그렇게 매일을 지났다. 즐겁고 유쾌한 극복기가 아니라 더 어둡고 외로운 고통기였다. 내가 살아있다는 사실만으로 상처가 되는 날들이었고 나를 내가 버릴 수 없다는 사실만으로 가장 많이 울었던 날들이었다. 지금 떠올려보면 온전한 기억이 남아있지 않을 정도로 그저 버틴 시간이었다.

4. 어린 아이

　나는 늘 유쾌한 사람이었다. 유쾌하고 상냥한 아이. 언제나 다른 사람의 말을 경청하고 배려하려는 아이. 잘 웃고 잘 공감하는 좋은 성격을 가진 아이. 공부도 잘하고 수업도 잘 듣는 반장. 나는 그런 사람이라고 했다. 정해진 틀을 절대 벗어나지 않는 사람이라고 했다. 그래서 사랑을 받고 마음을 나눌 때조차도 틀에 맞추어 절대 선을 넘지 않는 사람이어야 했다.

　가장 오랜 시간 배웠던 것은 사람들 앞에서 착하게 굴어야 한다는 것이었다. 모나지 않은 성격을 가져야 했고 항상 친절하고 착한 아이로 가면을 써야 했다. 그렇게 자타공인 긍정왕으로 십여 년을 살아오다 인생의 위기를 마주했을 때, 그제서야 내가 뼛속까지 비관적인 사람이라는 것을 알았다.

　나의 유년 시절은 얼핏 보면 아주 행복하고 유복했다. 겉으로 보기에 인상 좋은 부모님 아래에서 대화가 넘치고 화목한 가정에 속해있었으니까. 어릴 적에는 나도 정말 그렇게 느낄 때가 있었다. 그래, 나는 정말 화목한 가족과 사는 거야. 나도 그 모습에 잘 어우러질 수 있는 사람이 되어야 해. 나만 잘하면 돼.

　스스로 착한 아이가 되리라 되뇌이다보니 나는 만들어진 사람이 되었다. 진짜 나를 잃어버린 순간을 기억하지 못할 만큼 철저히 만들어진 나를 나라고 여겼다.

　부모님은 사랑을 줄 때도 벅차게 주지 않으셨다. 내가 넘치는 사랑을 느껴본 순간도, 부모님처럼 나의 아이와 살아보고 싶다는 생각을 한 순간도 가짜였다.

　가족들과 함께하는 모든 순간마다 나에게는 역할이 있었다. 착한 딸, 착한 누나가 되어 어디서든 자신보다 동생을 먼저 챙기고 부모님의 말을 잘 따르는 것이 내게 주어진 역할이었다.

나도 처음에는 동생을 질투했다. 동생이라는 이유로 나보다 사랑 받고, 챙김 받는다는 사실이 가장 미웠다. 아빠가 집에 들어올 때 동생만 안아주는 게 눈물 나게 미웠고 엄마가 동생에게만 선물을 사주는 게 서러웠다. 참고 참았던 속상 함이 터졌을 때 나에게 돌아온 말은 현실을 직시하게 해주었다.

'동생이 태어나기 전에 너도 사랑받았으니까 그런 거야. 그건 당연한 건데, 그런 이유로 속상해하고 화를 내면 안돼.

누나로서 동생을 아껴주고 챙겨주는 건 당연히 해야 하는 일이야. 네가 이러면 엄마도, 아빠도 속상하고 힘들어.

엄마, 아빠가 너를 위해 얼마나 많은 것들을 희생하는데 딸로서 감사할 줄 알아야지. 커서 엄마, 아빠 호강시켜줘야 해.

네가 동생을 계속 잘 챙긴다면 우리도 널 더 예뻐할 거야.'

집에서는 딸과 누나로서 노력했고 학교에서는 의젓하고 야무진 반장으로서 노력했다. 그래서일까, 결국 진짜 행복한 유년의 기억은 갖지 못했다. 가족들이 있어서 든든한 순간도 갖지 못했다. 결핍 투성이지만 그 결핍을 모조리 인지하지 못한 채 십여 년이 흘러 버렸다.

5. 내가 사랑한 K에게

네가 써 준 쪽지를 내가 아끼는 공책 앞에 예쁘게 붙였어.

그걸 본 너는 꼭 묻더라, 그게 그렇게 마음에 드냐고.

그만큼 마음에 들었어, 마음이 충분하게 좋았어.
별다른 표면적인 애정 표현 없이도 충분히 따뜻하고 사랑이 느껴졌어.
그래서 좋았어.

어떤 구절이 가장 좋냐는 물음에, "비슷한 감정을 느끼는 것 같아"라고 답했어.

이해가 안된다는 듯 재밌어하는 웃음이 충분히 이해가 갔어.
왜 그 구절이 좋았게, 답하지 않은 그 말을 난 결국 삼켰지.

말할 수가 없었어, 나를 들키는 일 같아서.
나를 여태 꽁꽁 잘도 숨겨왔는데 내가 먼저 들춰낼 수는 없는 거잖아.

내가 정말 너와 비슷한 사람이라고 여겨준 것 같아서 좋았어.
비슷한 감정을 느꼈다는 그 말이 왜인지 희망적이었어.
그래서인지 그 말이 고마웠어.

나를 자꾸만 구해주는 말이야.

< 나의 그늘을 마주하는 일 >

　어느 순간부터 나는 얼굴에도 그늘진 사람이 되어 있었다. 조금씩 생기던 그늘은 차츰 내 얼굴을 모두 감쌌다. 나를 걱정하며 안부를 묻던 사람이 하나, 둘 줄어들고 내 곁에 있던 사람들도 하나, 둘 떠나갔다.

　학교 생활 중 가장 힘들었다 말하는 한 달 간의 첫 훈련 때, 나의 별명은 긍정왕이었다. 긍정왕이라니, 조금 유치할 수 있는 단어이지만 당시 동기들은 나에게 정말 밝다 못해 환하다고 말했었다. 나는 긍정적으로 매사에 웃음 지으며 할 수 있다고 용기를 북돋을 수 있는 사람이었다. 할 수 있다는 마음 하나로, 웃으며 하면 안될 것이 없다고 누군가를 돕는 사람이었다.

　반면 긍정적이기만 한 사람이었기도 했다. 손이 꽁꽁 얼 정도로 추운 겨울날에 바닥을 기어 다닐 때도 '얼어 죽을 만큼 추운 날이네!'하고 외치며 훈련을 나가는, 정신이 반 쯤 나간 듯한 사람이었다. 때로 너무 긍정적이라며 혀를 내두를 때도 있었지만 응원의 한 마디 한 마디를 소중히 여겨주는 사람들 덕분에 뜻깊은 시간을 보내기도 하였다.

　한 달 동안 동기들은 힘든 훈련 기간 동안 잠시라도 웃음 지을 수 있어 고마웠다고, 긍정적으로 말하며 먼저 나서는 모습에 고마웠다고 말해주었다. 그 말들에 자부심을 느끼며 솔선수범하는 사람이 되어보자는 각오로 4년을 시작했었다.

그렇게 밝고 긍정적이었던 나에게 그늘을 서서히 드리워질 때, 그늘을 알아보고 내게 와준 고마운 사람들도 참 많았었다. 얼굴에 수심이 깊어보인다며 말을 건네 주었던 사람, 같이 시간을 보내자며 곁에 있어준 사람, 지친 나의 손을 잡고 함께 뛰어준 사람. 정말 많은 사람의 도움도 받았던 나였기에 혼자가 되었을 때도 누군가를 섣불리 미워할 수는 없었다.

나에게 '그늘'은 외로움이었다. 자초하지 않은 철저한 외로움. 누군가의 의도로 혼자가 되었을 때, 나의 그늘을 모두가 볼 수 있게 되었지만 모두가 외면하였을 때. 그제서야, 비로소 완전한 혼자가 되어서야 나는 나의 그늘을 마주할 수 있었다.

처음에는 단순히 부정해보기도 하였었다. 나는 밝은 사람이니까, 웃음이 많은 사람이니까 이 정도의 힘듦은 당연히 이겨낼 수 있는 것이라고 생각했었다. 조금씩 어두워지던 순간들에 찾아온 고마운 손길들을 모두 돌려보냈던 나였다. 나는 어둠 속에 있지 않다고, 이 정도 그늘은 그늘도 아니라고 그들을 안심시켰던 나였다.

어쩌면 나는 스스로를 더욱 고립시키는 길을 선택한 것이 아닐까? 내 어두운 이면을 죽어도 들키기 싫었던 마음, 긍정왕인 내가 어두워졌다는 것을 인정하고 싶지 않은 마음, 그늘 속에서 빠져나오지 못한 것을 알아차리고 싶지 않은 마음을 모아서 나를 꾸며냈다.

외롭지 않아, 내가 잘못해서 일어난 일이니까. 나는 이 한 문장으로 그늘에 갇혀있었다. '학교에 필요한 자원이 아니다', '너의 존재로 인해 다른 사람이 피해를 보는 것이다'라는 말의 고리에 갇혀 있다 보면, 스스로를 자책의 그늘에 가두지 않을 수가 없었다. 내가 자책하지 않으면 그 말을 한 사람에게 잘못이 돌아가기 때문이다.

'필요한 사람이 아니다'. 나의 스승은 나를 그렇게 표현했다. '존재 자체로 피해를 주는 사람'이 나의 스승이 정의해준 '나'였다. 한 치의 왜곡 없이 매일 그 말을 들었다.

그래서일까, 나는 내 그늘을 마주할 수 없었다. 나의 존재가 애초에 그런 것이니까, 그늘이 기질인 사람이니까. 내가 숨쉬는 것, 내가 말하는 것, 내가 존재하는 것이 소중한 사람들을 해칠까 두려워 스승의 말을 따랐다. 나의 스승이 동기들에게 나의 존재 자체가 피해를 줄테니 나를 멀리하라고 말할 때, 나는 얌전히 수긍했다.

아, 저 말을 따르지 않으면 모두가 힘들겠구나. 존재를 드러내지 않는다면 학교에 계속 다닐 수 있을까? 그 마음들로 나의 스승을 이해했다. 그렇게 모두가 내 곁을 떠나고 나서야 그늘이 드리워짐을 느낄 수 있었다.

< 나의 어둠 기록 #2 >

-당신은 혼자가 아니다.
-누군가 같은 어둠을 지날 때, 마음 한 켠의 공감과 위로가 되기를.

6. 고양이 야옹

고양이를 돌보는 동아리가 생겼다. 참깨, 치즈, 까망, 베르, 체다, 크림, 오레오, 보리. 고양이들을 돌보는 일은 참 행복하지만 괴리감 있는 일이다. 멀리서 봐야만 하는 일, 내가 직접 하지는 못하는 일이니까. 난 알러지가 있어서 고민을 할 수밖에 없었다. 동아리에 얼른 들어가라는 말을 듣고 싶었는데 그러지 못했다.

사실 나는 알고 있었다. 지금 이 상태에서 고양이를 만진다면 얼마나 몸이 더 아플지 말이다. 그런데도 마음이 원하는 일에 대한 용기가 필요했다. 나에게는 용기가 조금도 없으니 없어야만 했다. 그럴지만 나를 아끼는 이들은 그 용기를 줄리 없었다. 잘못된 방향의 용기이니까.

결국 동아리에 들어가지 않기로 결정했다. 알약을 더 먹고 싶냐는 말이 마음을 움직였다. 그 많은 알약들은 다 어디로 가는걸까? 알약을 삼키기만 하는 나이지만 삼킬 때마다 어딘가 꽉 막히는 기분이 든다.

나에게 필요한 것, 진실을 직면하는 것. 나는 지금 혼자서는 무언가를 정상적으로 하기엔 어려움이 있는 것 같다. 판단이 어렵고 시야가 흐리다. 흐릿해지는 나

17

를 보는 일은 꽤나 괴롭다. 그래서인지 나를 마주보기가 많이 어렵다. 가슴이 답답하고 어딘가 막힌 기분, 먹구름이 가득하고 안개가 가득한 기분. 아픔을 마주할 수 없기에 나에게 필요한 것을 찾아야 하는데 도움을 청하기가, 도와달라고 손을 내밀기가 참 어렵다. 손을 내민 이가 있는데도 그 손을 잡기가 정말 어렵다.

나에게 필요한 것, 나를 마주보는 일.

7. 나를 위한 일

내가 사랑하는 내 글을 다시 꺼내 보았다. 처음으로 세상에 내어보자 다짐했다. 용기가 생겼을 때 행동해야지- 했다. 오늘 안에 내 할 일을 다해야지.

내가 사랑하는 내 글. 쓰는 동안 참 즐거웠고 문득 꺼내볼 때마다 즐거운 것이 참 신기했다. 다시 꺼내 보았을 때 그때 그 마음 그대로 그 글을 아끼는 마음 그대로 한 발짝 용기를 내볼까 해보았다.

무엇이 나를 위한 것인가에 대해 용기를 내는 것이 좋지 않은 선택일리 없을 것이라는 결론이 나왔다.

내가 사랑하는 나의 글. 나를 담아 참 아끼기도 아꼈다. 마음을 담은 글이 누군가에게도 가 닿았으면 좋겠다.

8. 바람과 고양이

바람이 선선하게 부는 날이었다. 병원에 다녀오는 길에 멈춰 서서 잠시 문자를 보았다. 문자를 보는데 어디선가 시선이 느껴져서 고개를 돌렸더니 고양이가 있었다. 시간이 있으니 당연히 고양이에게 걸음을 돌렸다. 고양이와 노는 그 시간이 참 좋았다.

고양이가 나에게 계속 와서 애정을 요구했다. 손길을 원하는 작은 고양이가 조금은 안쓰러웠다. 참 귀여웠고 나를 할퀴고 가는 손길마저 좋았다. 또 만나자.

9. 오늘의 교훈

익숙함과 적응.
나의 내면에 있는 이 두 가지가 나의 적이다. 나의 내면의 익숙함과 적응을 늘 경계해야 한다.

열정과 결핍.
열정의 기반은 내 안의 결핍이다. 부족함을 극복하는 것이 열정이다.

10. 너의 부재

네가 없는 밤.

너는 뭘 하고 있는지, 무얼 생각하고 있을지, 너를 생각하면 마음이 충분해진다.
무엇으로도 채워지지 않던 허한 마음이 절로 가득해진다.

사랑이 무서운 이유는 그런 건가보다.
내가 스스로 채울 수 없는 것을 상대가 주기 때문인가보다.

너에게서 받아온 생기로 혼자만의 시간에 기운을 돋아본다.
하고 싶은 일, 보고 싶은 것, 먹고 싶은 것, 하고 싶은 말, 쓰고 싶은 글.
조금씩 마음을 들여다보고 정리도 해보는 완벽한 하루에 완벽한 마무리가 더해
지길, 내가 그럴 수 있기를 기꺼이 바라본다.

11. 기도

종이 냄새.
난 그게 좋았어.
그건 배신을 안해. 역겨울 일이 없고 깊은 곳을 극히 자극하지도 않지.

책이 그래서 좋아. 책은 나를 버리지 않아.
나를 채워줄 뿐이고 나를 더해줄 뿐이야.

글도 같아.
글은 나를 보여줘. 내 안을 꺼내줘.
내가 숨쉴 수 있게 공간을 트이게 해줘.

고마운 것들이야.
내게는 더없이 가치 있고 소중한 것들이야.
이마저 잊지 않고 내가 아낄 수 있기를, 오늘도 기도해.

12. 나에게 쓰는 편지

누군가의 사랑을 받고 어느 이의 걱정을 안고 한 사람의 아끼는 이인 나이면 된
것 아닐까.
지금 내가 행복하다는 게, 그렇게 느꼈다는 게 어떤 사실보다 행복하다.
내일도 그래줄래? 무엇보다 오늘 밤도 그렇게 보내보자.
한 걸음씩 해보자, 천천히.

13. 설거지와 가족의 상관관계

  집에서 설거지를 했다. 집에서 하는 설거지는 늘 재미있어! 사람의 손길 흔적이
묻어나있으니까. 살아있음을 보여주는 느낌, 그 느낌에 내가 일부 함께 하고 있
는 기분을 느낄 수 있으니까.

내가 하는 설거짓거리에 내가 먹은 것이 아무것도 없더라도 좋았어. 정말 내가 사랑하는 이들의 흔적에 내가 한 손 얹어 가담한 것 같아서 말이야. 나도 이곳의 일원이라고, 가족이라고 외치는 느낌이었어.

그래도 될까? 이런 내가 감히 우리 가족이어도 되는 걸까?

14. 감정에 대하여

행복은 별게 아닌데 이걸 느끼기까지 참 오래도 걸렸네. 참 어리다. 내 속이 참 어리고 물러서 여태껏 행복도, 기분도, 일상도, 감정도, 아무것도 느끼지 못한 채로 너무도 무디게 살아왔어.

뭐가 그렇게 아프고 힘들었을까, 뭐가 그렇게 쓰리고 견디기 아팠던 걸까. 오늘 밤은 참 느껴지는 게 많은 하루야. 풍부한 감정이란 게 이런 거였지, 잊고 있었던 것을 다시금 떠올리기도 한 하루야.

15. 좋아하던 것

예전보다 하늘을 바라보는 일이 줄었다는 것을 알게 되었다.

16. 취미?

하루종일 해도 지겹지 않고 마냥 즐거운 일이 나에게도 있었으면 좋겠다. 방금 알았는데, 어딘가에 글을 쓰면 감정이 해소된다. 어디서도 제대로 못 풀던 내 안의 덩어리가 조금씩 풀어진다. 정말 웃겨, 내가 느끼는 감정이 무엇인지 정의내리지도 못하는 주제에.

글의 힘을 빌려 감정을 해소하는 내 모습이 꽤나 한심하고 꽤나 안쓰럽다. 기다림의 시간이 더이상 지루하거나 조급하지 않은 것은 글과 책 덕분이다.

17. 동생에게

동생에게 멜론이 먹고 싶냐고 물었더니 누나가 먹으면 먹겠다고 했다. 옛날부터 넌 그랬어, 나를 참 따랐어.

그래서 난 양치를 했기 때문에 안 먹을거다- 하니까 그럼 자기도 안 먹겠다며, 시원한 멜론은 먹고 싶지만 혼자 가져다 먹고 싶진 않다고 하더니 정확히 앞뒤 바꿔서 한 번 더 말했다. 그런 동생이 너무 웃기고 재밌어서 나도 모르게 빵 터져서는 한참을 큰 소리로 웃었다.

귀엽다, 참. 생기 넘치게 그 생기를 나도 조금은 얻어가는 것 같아서.
기꺼이 멜론을 정성껏 담아 가져다줬다, 내 동생 해줘서 고마워.

좋은 누나이지 못했어서 이제라도 좋은 누나 하고 싶은데 시간이 허락해줄까?
네가 너무 빨리 자라지는 않았으면 좋겠고 네가 하고 싶단 건 다 하게 해주고
싶다.

너는 행복해, 그늘 없이 한 순간도 가라앉지 말고.
언제나 수면 위에서 사는 것이 죽음보다 더 가깝고 쉬운 사람으로,
행복하고 생기 있는 사람으로,
티끌만큼의 어둠도 드리우지 말고 마냥 두려움 같은 건 갖지 말고
너 있는 그대로 너 하고 싶은대로
네 마음 가꾸면서 네 발길 따라 마음껏 뛰어다녀.

너는 누구보다 반짝반짝 빛나는 눈으로 세상을 살아가기를 바라, 그것뿐이야.

< 오래토록 잊지 못한 하루 >

'2023년 2월, 가슴 시린 추위마저 잊었던 어느 겨울날. 나를 무너뜨리기도 일으켜 세우기도 했던 그때. 그 기억이 나의 두번째 챕터 속 첫 문장이 된다는 것을 그때의 나는 알았을까.'

내 인생의 첫번째 챕터의 결말이 이토록 비참한 결말이라니. 스물 둘의 나는 믿을 수도, 인정할 수도 없는 정말 끔찍한 결말이었다. 혼자가 되어 추운 겨울에 맞이하는 끝이라니. 나는 그때 겨우 스물 둘이었다.

그날의 그 기억은 아직도 선명하다. 아니, 선명한 기억까지가 오랫동안 잊지 못한 하루라고 하는 것이 맞겠지.

2월의 어느 추운 겨울날 밤이었다. 9시 반이 조금 넘은 시각, 나는 아주 깊은 잠에 빠져 있었다. 밤이 되기 전에 많은 일을 겪은 날이었다. 지치고 지친 몸과 마음을 이끌고 하루 일과를 마쳤으나 쉴 수 있는 시간은 없었다. 나의 스승이 나를 불렀기 때문이다.

벌써 몇 달 째였다. 시도 때도 없이, 밤낮 없이 나에게 주어진 쉬는 시간은 스승의 것이었다. 동기들은 내가 특별한 예쁨을 받는 줄 알았지만 사실은 그게 아니었다. 기억할 수조차 없는 말들이 끔찍한 조각이 되어 나를 찌르던 시간이었다.

내가 듣는 말들의 흐름을 늘 비슷했다. 오늘 나의 존재가 잘못한 일을 되새기는 것, 스승이 보는 나의 잘못된 모습에 대해 듣는 것, 나의 주변 사람들에게 어떻게 피해를 주지 않을지 생각하는 것.

대체로 결론은 같았다. 혼자가 되는 것. 내 존재가 누군가에게 영향을 주지 않도록 말이다. 그러나 당시 그것은 불가능했다. 나는 3년 간 쉴 틈 없이 직책을 맡았고 다수의 표로 뽑힌 사람이었기 때문이다. 어느 반 년은 분대장, 다른 반 년은 소대장, 그 이후에는 인사참모. 그 외에도 다양한 일들을 맡았기에 늘 선임이 되어 있었다.

그런 나에게 누군가를 이끌지도, 영향을 주지도 말라는 말이 때로는 가혹했다. 나의 책임과 임무를 묻어버리는 일 같아 자주 치욕스러웠고 슬프기도 했다.

그러나 그것은 내가 느껴서는 안될 감정이었다. 스승으로부터 나의 도리는 나의 존재를 드러내지 않는 것, 지워내는 것이라 들었기 때문이다.

잠에 들기 전 불려갔던 그날, 그날 나의 잘못은 명확했다. 학과 수업을 들을 때 특정 동기와 친하게 지낸 것, 카카오톡 프로필 사진을 마음대로 정한 것, 병원에 다녀온 것. 이 세 가지를 명확히 기억하는 이유는 수도없이 자책하고 나의 잘못을 떠올려 보았기 때문이고, 이후 시간이 흘러 정말 그것이 잘못이었는지에 대해 며칠 밤을 꼬박 새워 고민해 보았기 때문이다.

나와 친하게 지낸 동기는 내 스승에게 불려가 나의 연락을 무시하라는 지시를 받았고 나의 카카오톡 프로필 사진은 지워졌으며, 나는 아픈 날에도 병원에 가지 못했다. 사실 이 세가지는 몇 달 동안 들어온 일이었다.

책에나마 핑계를 적어보자면, 수십 명의 동기들과 수업을 듣는, 6시간 가까이 되는 시간 동안 혼자 있기란 쉽지 않은 일이었다. 나는 사람을 좋아하고 함께 있는 시간을 무척 기뻐하는 사람이었고 나의 스승이나, 다른 교수들이 없을 때 동기들은 나에게 다가와 함께 이야기를 나눠주기도 하였다.

자주 혼자 있는 시간도 당연히 견딜 수 있었지만 주변에 앉은 동기들과 가벼운 이야기를 나누기도 하는 순간이 소중했던 때였다. 외로움이 못 견디게 힘들 때에는 스승의 눈을 피해 친한 동기와 웃음 짓기도 하였다. 그렇지만 학교에는 도처에 스승의 눈이 있었다. 때문에 나는 더욱 혼자가 되어갔다.

사진을 찍는 것을 좋아하던 나는 카카오톡 프로필 사진을 자주 바꾸는 편이었다. 예쁜 하늘 사진, 지나가다 본 동물 사진, 친구와 찍은 내 모습 등 다양한 사진을 해두었던 때였다. 그러나 나의 스승은 그러한 행실을 문제 삼았다. 실제로 들었던 말들이 대부분 '왜 너의 사진을 네 마음대로 해두냐'는 것이었다. 때로 기본 이미지를 해야 했고, 동기와 찍은 사진을 지워야 했고, 내 얼굴이 나온 사진을 내려야 했다.

어떠한 규칙을 위반한 것은 아니었지만 나는 스승의 말을 늘 따랐다. 스승을 믿었고 좋아했던 마음이 시작이었다. 게다가 나는 내 존재로 다른 이에게 피해를 주는 사람이라는 스승의 말을 믿었다. 사진 하나가 다른 이에게 해로운 영향을 준다는 그 말에 자책하며 사진을 지웠다.

스승을 처음 만나던 순간에 나는 분명 건강한 사람이었다. 잔병치레는 늘 많았어도 언제나 기운 넘치고 활기찬 사람이었다. 달리는 것을 좋아하여 하루에 세네 번 달리기를 하러 나가고 자전거를 타러 다니는 사람이었다. 고통에 대한 감각도 둔해서 병원에 쉽게 가지 않는 사람이기도 하였다.

그러나 스승과 함께 하는 시간이 늘어날수록 나는 점점 망가져갔다. 스승을 만나러 가는 시간이면 물도 마실 수 없었고, 가까운 시각에 밥을 먹을 때면 반복적으로 체했다. 열이 나도, 다리를 다쳐도 만나러 가야 하는 사람이 스승이었다. 스승의 명령을 어기는 것은 용납되지 않는 일이었다. 실제로, 그것은 정말 규칙을 위반하는 것이었다.

혈압이 낮아지고, 머리가 깨질 듯 아프고, 온몸에 열이 나도 스승의 허락 없이는 병원을 갈 수 없었다. 다른 이의 허락을 받고 쉬는 시간을 이용해 병원에 다녀온 날이면 빠짐 없이 스승에게 보고를 해야 했다. 그리고 보고를 하며 셀 수 없이 아픈 말들을 들었다. 정말 죽게 되더라도 허락을 받고 가라는 것이 결론이었다.

몇 달이 넘도록 같은 이유로 스승에게 폭언을 듣는 날들이 지속되었을 때, 나의 몸과 마음은 모두 일그러져 있었다. 조금의 형체도 없이 망가져 있었다. 24시간 동안 단체 생활을 하며 다른 사람과 교류하지 않는 것은 불가능했고, 직책을 맡은 나로서 일을 하다보면 다른 이와 교류를 해야 했다.

프로필 사진은 언제나 스승의 뜻대로 할 수 있었지만 건강은 내 뜻대로 되지 않았다. 자주 아팠고, 아플 때면 아프다는 이유로 불려갔다. 다시 '존재 자체가 피해를 준다', '학교에 필요한 자원이 아니다'라는 말을 들어야 했다.

그렇게 3일 동안 5시간도 잠들지 못한 시간이 이어진 어느 날이었다. 스승의 부름에 같은 말을 반복해서 듣고 온 날이었다. 내가 가장 아끼던 동기가 나를 외면한 어느 날이었다. 나는 그저 잠을 자고 싶었다. 정말 진심으로 단순히 잠에 들고 싶었다. 이렇게 힘든 상황이 반복되는데, 잠이라도 하루 푹 자고 싶었다. 제발 그 누구도 나를 건드리지 않았으면 했다. 오늘 하루만 편안하게 자고 싶었을 뿐이었다.

심한 불면증을 오래 앓아 다양한 수면제를 처방받았던 때였고, 매일 일정 용량을 복용하지만 그럼에도 잠에 들지 못하던 날들이었다. 그날 밤, 나는 순간의 흐린 판단으로 깊은 잠에 들게 되었다.

< 나의 어둠 기록 #3 >

-당신은 혼자가 아니다.
-누군가 같은 어둠을 지날 때, 마음 한 켠의 공감과 위로가 되기를.

18. 독후감

지독하게 낭만적인 사랑 이야기를 해피엔딩으로 만들어 줄 열쇠가 지구온난화일
줄 누가 알았겠어?

19. 오랜만이야

이제 가족을 만나고 집에 들러서 필요한만큼 힘을 얻어간다. 어렵게 얻은 이
안정을 어떻게든 빼앗기고 싶지가 않다.

내가 좋아하는 카페에 함께 가고, 내가 좋아하게 된 서점에 함께 들렀다. 아
빠가 나에게 책을 선물했다. 온가족이 각자 관심 있는 분야의 책장에 서서 책을
들여다보는 모습이 좋았다. 내가 좋아하는 것들을 다들 좋아한다는 게 신기했다.

서점에서 나는, 오랜만에 행복하다고 생각했다. 다같이 밥을 먹을 때에도 참
좋았다. 이번 주말이 도무지 싫어할 수 없는 순간들의 모음이어서, 그래서 행복하

지 않을 수가 없었다.

나도 참 못됐지. 마음이 좀 살만하다고 요란해진다. 다 나만 봐줬으면 좋겠고, 나만 들여다봐줬으면 좋겠다. 좀 살만해졌나보지, 나도 참 나다.

20. 배부른 소리

혼자 길을 걷는데 내일 죽기에는 조금, 아주 조금 아까울 것도 같다고 생각했다. 오늘이 이래서 내일 죽는 게 행복할 것도 같았다. 예쁜 마무리 같아서였다.

원해서 죽을 수 있는 방법이 스스로 죽는 방법 뿐이라면 누군가 나에게 꼭 물어봐주면 좋겠다. 죽음을 선택할 수 있게 해주겠다고, 꼭 고르라고 말해줬으면 좋겠다.

그러면 나는 힘든 거, 아픈 거 모두 다 꾹꾹 참아내고 견뎌내고 이겨내서 기어이 다 나은 다음에 예쁘게 웃으면서 세상에 안녕을 건네고 싶다. 누군가에게 남을 나의 마지막이 환히 웃는 모습이라면 조금 좋겠다. 너무 배부른 소리인가? 나도 참 나다.

21. 자책의 이유

뭐든지 내 탓으로 돌리면 쉬워진다.
나를 미워하는 게 가장 쉬우니까.
어쩌면 가장 상처받지 않는 방법일지도 모른다.

22. 내가 좋아했던 것 2

요즘 매일 달리고 있다. 어제는 늘 가던 길을 달려가는데 왠지 모르게 눈물이
나올 것 같았다. 달리기를 좋아했던 이유를 알 것도 같았다. 아직 전처럼 잘 달
리지는 못하지만 달리는 내내 마음이 가벼워지는 느낌이 들었던 것 같다.

23. 맑은 순간

내가 오늘 들은 칭찬은 맑은 파란색이었다.

24. 잠수

가끔 그런 생각을 한다.

아무도 모르게, 아무도 날 찾지 못하게 핸드폰 전원을 끄고 혼자 떠나보고 싶다는 생각.

언젠가 할 수 있을지 잘 모르겠지만
하게 된다면 얼마나 벅찰지 상상조차 안 가지만,
때때로 나는 그런 생각을 한다.

혼자 조용히 멀리 영영 떠나버리는 생각을.

25. 필사

책을 필사하게 된 시작을 떠올려 보았다. 인상깊고, 두고두고 기억하고 싶은 말들 위로 감히 어느 색깔도 얹지 못한 것이 시작이었다. 그래서 옮겨적기로 한 것이었다. 내 책이지만 아끼는 그 책의 아끼는 그 문장을 단정짓고 싶지 않기도 했다.

읽을 때마다 바뀌는 아끼는 문장들이 마음에, 눈에 아른거리도록 하나하나 옮겨적었다. 지금도 옮겨적지 않으면 오히려 허전하다. 오히려 그 글을 아끼지 않는 것만 같다.

내 무언가의 시작을 알아내서, 찾아내서 기분이 좋아졌다. 내 불안의 시작도, 내 우울의 시작점도, 그 이유도 이렇게 문득 알 수 있다면 참 좋을텐데.

불안과 우울은 함께 오는 것이라고 했다. 시작이 무엇인지만 다를 뿐이라고 했다. 그러나 내가 더 솔직한 사람이 되어서 기어이 내 아픔의 시작도 알아낼까봐 겁이 난다. 나는 아직 마주할 준비가 안되었는데, 나는 아직 어리고 약하고 부족한 사람인데.

마주할 용기가 없어서 슬펐다. 내가 너무 약한 사람인 걸 문득 알아버린 게 슬펐다. 기분이 좋았다가도 금방 툭 가라앉아버렸다. 이래서, 도무지 예측이 안되니까 무서운 거다.

나도 실은 너무 무섭다. 내가, 이 우울이.

26. 운수 좋은 날

오늘은 운이 좋아서 어쩌다 내가 좋아하는 볼펜을 찾았고, 어쩌다 내가 사랑하는 책을 읽을 시간이 생겼다. 운이 참 나쁜 하루인 줄만 알았는데, 알고보니 그 반대인 하루다.

원하는 고양이를 맘껏 보고, 내가 하고 싶은 생각을 아무도 모르게 듬뿍 하고, 내가 좋아하는 책을 원없이 들여다보고. 아이스크림도 먹으면 더할 나위 없는 완벽한 하루 끝일테다.

27. 식물 친구

작은 화분을 선물 받았다.
선인장과 다육식물이었다.

책상 위에 올려두고 자꾸 들여다보는 중이다.
보고있자면 기분이 좋아진다.

내 공간에 살아있는 것을 두자니 생기가 돋는 것 같아 기분이 좋았다.
작은 것들을 보고 있자면 행복해진다. 매일 잘 가꾸어주어야겠다.

혼자 살게 되면 이렇게 작은 화분들을 아주 많이 두는 상상을 해보았다.
어서 혼자 살고 싶었다.

죽지 않고, 그 모습 그대로 오래 곁에 있어줄 작은 식물들이 보고싶었다.
혼자 살게 된다면 꼭 작은 화분들을 책상 위에 많이 두어야겠다고 다짐했다.

< 당신의 쓸모 >

이 챕터의 결론은 단 한 가지이다. '당신은 쓸모 있는 사람이다.'

삶과 죽음의 문턱까지 다녀와본 입장에서 확고하게 말할 수 있는 한 가지를 선택하자면, 당신의 쓸모일 것이다. 이 세상에 나조차 쓸모 있는 사람이라는 것을 알았을 때, 쓸모를 가지고 태어나지 않은 사람은 없다는 것을 알 수 있었다.

물론, 존재 자체가 쓸모 없다는 말들이 살아가는 이유가 되어버린 특이한 시기에도 나는 여러 직책을 맡아 매일 열심히 일했다. 그렇게 양면적인 하루가 반복되다 보니, 나는 망가져버렸다.

일종의 경고를 여러분께 하는 기분이지만 그만큼 경험을 통해 당부하고 싶은 것이기도 하다.

'당신의 쓸모'는 다른 이가 정해주지 않는다. 정할 자격도 없을 뿐더러, 내가 내 존재 가치를 결정하는 것이 가장 옳은 방향이라고 생각한다. 내가 행복하다면, 내가 맞다고 생각한다면, 그것이 세상의 윤리나 법에 어긋나지 않는 이상 잘못이라고 정의할 수 있는 자격은 누구에게도 없는 것이다.

한때 쓸모 없다는 말을 이유 없이 들어본 사람으로서, 어쩌면 가장 많이 들어본 사람으로서 확실히 당신에게 말해주고 싶다. 나조차 쓸모를 찾았는데 당신의 쓸모가 없을리 있냐고 말이다.

당신이 쓸모 없다 말하는 사람의 쓸모조차 있는 세상이다. 그러니 자신감을 가지고, 그 말에 기죽지 않았으면 한다. 때로 나처럼 그 말에 갇혀 어둠을 만날지 모른다. 그 말로 인해 그늘이 드리워질지도 모른다. 그러나 끝끝내 버티고 버텨 나의 쓸모를 스스로 찾은 지금, 꽤나 행복하다고 자신 있게 말해본다.

쓸모 없다는 말을 나만큼 많이 들어본 사람은 없을 것이라 자부할 수 있는 나이지만 현재 행복하다. 그렇다면 한 번 정도라도 그 말을 덜 들은 당신은 얼마나 가치 있고 행복한 존재일까? 얼마나 행복한 인생을 살아갈 수 있을까?

'쓸모'라는 말. 이 말이 사람에게 적용되는 것이 썩 마음에 들지는 않는다. 너무 많이 들어버린 탓일까, 마치 사람의 용도를 정해두는 기분이 들기까지 한다. 둥글고 밝은 말들로만 형용해도 모자른 것이 우리 인생이고, 글자 하나를 적는 데에도 흐르는 것이 시간인데 뾰족한 말들로 아프게 하는 행위는 대체 어느 쓸모가 있을까.

나의 존재, 나의 가치, 나의 인생을 정하는 것은 정말 오로지 자신이다. 부수적인 것들로 꾸며볼 수도, 뽐내볼 수도 있겠지만 결국 나는 나다. 나 하나로 인해 세상의 평화가 지켜지거나 환경 오염이 사라지는 극적인 전개가 바로 이뤄지지는 않더라도 나의 하루 정도 바꾸는 소소한 기쁨은 이 순간에도 이룰 수 있는 것이니까.

세계 평화, 우주 여행, 해충 박멸, 만수무강 등 어디에나 포괄적이고 뚜렷한 목표나 꿈은 늘 존재할 수 있다. 그러나 '나'라는 존재가 늘 존재할 수 있을까? 누군가의 기억 속에, 어느 글의 문장 속에 존재하기 이전에 우리 스스로 숨쉬며 살아가는 실체 있는 지구인일 때 더 많이 웃고 오래 행복하면 좋겠다.

지구에 살아가는 모든 생명체는 존재 가치가 있다는 문장을 슬쩍 진실의 범주 안에 넣어보려 한다. 세상 사람들 모두가 행복해지기 이전에, 나는 당신이 가장 먼저 행복해졌으면 한다.

당신의 존재 자체로, 이 글을 읽는 당신 그 자체로 밝고 환한 사람이라는 사실을 잊지 않았으면 한다. 당신의 쓸모를 의심하지 말고 누군가의 쓸모를 정의내리지 않고 그저 하루를 살았으면 한다.

< 나의 어둠 기록 #4 >

-당신은 혼자가 아니다.
-누군가 같은 어둠을 지날 때, 마음 한 켠의 공감과 위로가 되기를.

28. 자기연민에 빠진 날

내가 과연 나를 어디까지 속이려는지, 두고 볼 일이다. 나는 생각보다 내가 잘 견디고 잘 버티고 잘 이겨내고 있다고 생각하는데, 진짜 그럴까?

매일같이 불안하고 모든 순간이 우울하고 이 모든 것을 감당하고 살아내기가 끔찍하게 버거워도 나는 아직 잘 하고 있다고, 잘 견뎌내고 있다고 생각한다. 너무 힘들어도 나는 한순간 포기한 적이 없었고 이제 울고 싶을 때마다 울기를 택하지는 않는다.

나는 이런 내가, 생각보다 잘 헤쳐나가고 있는 내가 대견하고 애틋하며 사무치게 안쓰럽다. 누구보다 너무 애잔하게 매순간 버거워하는 내 모습이 참 안쓰럽다. 나라도 나의 노력을 알아주어야지. 내일을 살아보려고 하기 위해, 기대해보기 위해 누구보다 온 힘을 쏟고 있다는 걸 알아주고 힘을 줘야지.

조금만 버티면 될 거라는 생각에, 나아질 거라는 생각에 기대어서 나는 오늘도 생각보다 잘 버티고 있다. 그렇게 생각하면서 오늘도 한시름 놓아본다. 이 작은 생각에 마음을 쓸어내리곤 한다.

29. 작은 것의 쓸모

쓸모 없어 보이는 작고 보잘 것 없는 것들이 때로 힘이 되어주기도 하는구나.

30. 인생은 롤러코스터

롤러코스터 타듯이 마냥 인생을 즐기기엔
내가 언제 삼켜질지 알 수가 없어 두렵다.

31. 기대

부디 내가 오늘 하루를 견뎌낼 수 있기를 바란다.
사람들이 나를 도와주진 않더라도 방해하진 않았으면 한다.
내가 감당하지 못할 일을 만들어주지 않았으면 한다.

32. 기억, 추억.

　나에게는 쓰리고 아팠던 기억을 다른 사람의 행복한 추억으로 바라보는 것은
변함 없이 쓰리고 아팠다. 어쩌면 나는 과거를 아직 딛고 서지 못했을지 모른다.

33. 안도

오늘 느낀 사실 하나.
나는 절대, 절대 불행하지 않다는 것.

사랑하는 사람들이 날 생각해주고
월요일에는 일하러 갈 곳이 있고
옆에 늘 있어주는 사랑스러운 털복숭이 친구가 있고
맛있는 걸 먹을 수 있고
늦잠도, 낮잠도 실컷 잘 수 있고
어느 때보다 즐겁고 희망찬 미래를 그리고 있다는 것.

내가 하려는 일들이 무모하고 괴리가 있어보이더라도
누구보다 내가 기대하고 고대한다는 것.

34. 어느 밤

너도 나처럼 버려질까봐 두려운가보다.

35. 다짐

나는 절대 기죽지 않을 거야, 절대 시들해지지 않을 거야.
오히려 더 내 뜻대로 살아갈 거야.
더 힘껏 살아갈 이유를 만들어줘서 고맙다고 해야하나.
덕분에 매일을 악착 같이 잘 견디고 모아서 행복해져야지 싶은 나날이야.

36. 악몽

어젯밤 꿈에 나오면 안 될 사람이 나왔다.
꿈을 계속 헤집고 다닌 탓에 잠을 잘 못 잤고 내내 외로웠다.

다시 그런 사랑을 받을 수 있을까,
누군가를 좋아해서 그렇게 오래 아플 수 있을까 싶더라.
새벽에 깨고서 꿈이 이어질까 두려워 한참 후에 잠에 들었다.
덕분인가, 오랜만에 늦잠을 잤다.

낮에는 다정한 사람과 밥을 먹었다.
전날밤 전화로 약속을 다지는 사람, 몇 년만에 먹는 음식을 나 때문에 먹으러
와준 사람, 내가 좋아할 케이크를 고심하다가도 장난 많은 나를 내내 쳐다보는
사람.

그렇지만 처음엔 누구나 이렇게 다정하지 않은가?

인생 선배와 마냥 즐거웠던 시간을 지나 한참을 외로웠다.
그리우면 안되는 순간이 그리운 찰나 때문에 스스로가 미웠다.

그러다 문득 내가 얼마나 벅차게 사랑받고 있는지 다시금 깨달았다.
같이 웃을 수 있고 함께 시간을 보낼 수 있는 많은 이들이 떠올라주었다.

곁에 있어주는 많은 마음들 덕분에 오늘 하루 참 든든하게 마무리했다고,
온 마음 다해 고맙다고 말하고 싶다.

< 친애하는 A. >

안녕하십니까, 저 J입니다.

당신이 나에게 했던 말들을 내 마음이 기억하고 있다는 것을
꽤 최근에 알게 되었습니다.

분명 머리로는 다 잊었다 생각했는데,
당신의 잔해가 나에게 깊게 베여 있다는 것을 알았을 때
오랫동안 절망했습니다.

당신이 나의 애정하는 스승이 되었던 순간을 기억합니다.
나에게 딸 같다고 말씀하셨던 순간이 선명합니다.
눈물 흘리며 언제나 행복하길 바란다고, 힘들지 않길 바란다고 하셨었습니다.

학교에서 나의 어머니가 되어 주겠다 하셨던 기억이
나를 이렇게 만들었을지도 모르겠습니다.

기억하십니까?
그것이 괴롭힘의 이유였다고 말씀하셨던 순간을.

학교에 필요한 자원이 아니라는 말,
존재로 피해를 주는 사람이라는 말의 이유 또한 늘 말씀해주셨었습니다.

나를 아끼니까, 나를 위하는 마음으로 나를 지키기 위해
그렇게 말씀하셨다고요.

당시의 나는 스승이라는 사람의 말에 갇혀 진실을 보지 못했습니다.

수많은 동기들이 나에게 나를 돕지 못한 순간을 말하며 용서를 구할 때에도,
아끼던 사람이 나를 멀리 하였던 이유를 말해줄 때에도,
추운 겨울날 그곳에 서게 되었던 기억을 떠올릴 때에도
당신이 늘 등장했습니다.

나를 아끼는 마음에 나에게 상처를 주었다는 말부터
나의 존재 자체를 부정하는 말까지 모두 잘 전해 들었습니다.

놀랍진 않았달까요, 늘 한결 같은 분이었으니까요.

나는 이제 그 말들에서 한참을 걸어나왔습니다.
그 말들이 한 때는 나의 그늘이 되어 나를 가두었으나
오랜 시간을 거쳐 이제야 회상할 수 있는 힘을 기르게 되었습니다.

당신을 늘 미워했으나 지금은 미워하지 않습니다.
당신의 존재의 의미를, 내게 했던 말의 의미를
이제는 더이상 나 자신에게서 찾지 않게 되었습니다.

지금은 '나'라는 존재를 많이는 미워하지 않게 되었기도 합니다.

어떤 이유로 나를 미워했는지,
수많은 이유를 만들며 나를 괴롭히고 싶었던 이유가 무엇인지,
내가 삶의 문턱에 서 있을 때에도 왜 나를 외면하려 했는지에 대해
이제 더는 궁금하지 않습니다.

더는 자책하지도 않습니다.
나의 존재를 부정하지도 않습니다.
나는 어쩌면 나 자체로 사랑 받을 가치가 있다는 것을 알았습니다.
이유 없이 누군가를 미워하는 일이 얼마나 가치 없는 일인지도 알았습니다.

나는 이제 당신을 미워하지 않습니다.
당신도 스스로를 사랑할 수 있으면 좋겠습니다.
이제는, 나에게 그랬듯이
한 사람의 존재 가치를 함부로 정하지 않았으면 합니다.

당신을 더는 애정할 수 없지만 더는 미워하지 않으니까요.
나의 가치는 스스로 정해보려 합니다.
그러니 존재 자체로 우리 부디 행복합시다.

나의 스승이었고, 나의 그늘이었던 당신을 잠시 잊어보려 합니다.

뜻대로 될지는 모르겠으나 곁의 사람들이 존재만으로 도움을 주는 요즘입니다.

당신의 마음은 안녕하신가요?

학교에서 해임되었다는 것은 이미 알고 있는 사실입니다.

제가 학교에 복귀하기 전에
다른 이에게도 당신의 잣대를 이용했다는 사실이 드러나
여러 이유로 학교에 더 머물지 못하게 되었다는 것은 놀라운 일은 아니었습니다.

나에게 했던 모든 말들과 모든 일들을 인정했다가도,
나의 존재 자체를 부정하였다는 말도 잘 전해 들었습니다.

당신을 다시 마주하는 순간은 없겠지만 멀리서나마 마음을 전해봅니다.
이제 누군가를 미워하지 않았으면 합니다.

어쩌면 나조차 같은 말을 반복하고 있는 것일까요?

그렇게 느끼게 한 것일지도 모르겠습니다.

이만 줄이겠습니다.

건강하게 오래오래 살다 가세요.
이것이 제가 할 수 있는 마지막 말인 것 같습니다.

당신의 제자였던, J.

< 나의 어둠 기록 #5 >

-당신은 혼자가 아니다.
-누군가 같은 어둠을 지날 때, 마음 한 편의 공감과 위로가 되기를.

37. 사원에서 주임으로

  대체 내가 뭐라고 이렇게 아껴주시는지, 따뜻한 말로 칭찬을 해주시는지, 정말 잘하고 있는 게 맞는지 의문이었다.

  대체 나는 왜 덜컥 겁을 먹었던 건지, 왜 혼자 움츠러 들고 혼날까봐 두려워했던 건지, 지난 기억이 여전히 힘을 가지고 있다는 게 슬펐다.

  그럴지만 좋은 사람들을 만나 좋은 곳에서 행복하게 일할 수 있음에 기뻤고 감사했다. 때로 힘들더라도, 매일이 어렵더라도 조직에서 나를 필요로 한다는 게 믿기지 않았고 정말 간절했던 말을 뜻밖의 장소에서 들었다는 게 신기했다. 나는 잘해왔고 앞으로도 잘할 것이 확실하니 이곳에서 비전을 갖고 같이 미래를 그려보자는 말이 따뜻해서, 고마워서 혼자 펑펑 울었다.

  아직은 나에 대한 확신도 없고 늘 고민만 많은 걱정투성이인 나를 인정해주고, 사랑해주고, 아낌없이 지원해주는 사람들 속에서 사실 더 있고 싶었다. 내가 쓸모 없어져 버려질 때까지 조금이라도 더 오래 따뜻한 말을 듣고 싶었고 어딘가에 도움이 될 수 있는 사람이 되고 싶다.

꿈이 아니기를, 내가 진짜 필요한 사람이기를.
어쩌면 더 중요한 일들이 나에게 일어날지도 모르겠다.

38. 보내지 못하는 편지

안녕하세요, 거대한 먼지 덩어리입니다.

참 마음이 복잡한 요즘인데요.
감사한 분들, 사랑하는 사람들 모두에게 답장을 못하는 그런 먼지 덩어리로
살고 있는 요즘입니다. 하하.

밥벌이 잘하고 산책도 잘하지만
이상하리만큼 연락할 용기는 없는 그런 시기인데요.
너무 고마운 언니에게 축하할 일이 생겼지만 이런저런 이유로 연락드리지 못하는
이 상황과 나 스스로가 용납이 안되고 참 미운 시간들입니다.

지나온 시간들 중 조금 아팠던 때를 아직 잊지 못하고
한 걸음 뒤에서 서성이고 있지만,
조만간 모두에게 연락 정도는 거뜬히 할 수 있는 대왕 먼지라도 되기 위해
노력 중이랍니다.

어느 때보다 에너지 넘치는 요즘이에요!
기다려주는 친구들 그리고 사랑하는 사람들에게 모두 미안합니다.

밝게 잘 지내고 있지만 용기가 부족할 뿐이니 걱정은 말아주세요.
사람 몇 없는 이곳에 몇 글자 적으며 혼잣말을 한 번 해보았습니다.

또 봐요!

39. 애정하는 모두를 그리워하며

아침에 눈을 뜰 때 웃는 날이 오기를
잠에 자연스레 드는 날이 오기를
모두에게 망설임 없이 연락하는 날이 오기를
하루를 버티고 버티다 끝끝내 살기를

우리 곧 만나
멀리는 가지 않을게
그저 조금만 이대로 멈춰있다가
늦지 않게, 환하게 한 걸음씩 내딛을게

미안한 마음이 가득하지만 아직 나를 보여줄 용기가 없기에
작고 하찮은 나를 잠시만 기다려주기를
온전히 나로 다시 뿌리를 내딛고 언젠가는 꽃도 피울게

40. 각오

나도 언젠가는 의연해지고 싶다.
트라우마로부터 잊혀지고 싶다.

< 안녕이라는 말 >

'걱정 마세요, 이 책의 끝은 무난한 해피엔딩이니까요.
내가 잘 살기로 마음 먹었으면 다 해피엔딩 아닌가요?
너네가 뭐라고 하든, 난 내일 아침에 눈도 뜨고 아침도 먹을 거야.'

　안녕이라는 말은 우리가 흔히 하는 인사이다. 누군가를 만났을 때, 헤어질 때 그저 평범하게 쓰는 인사이고 나도 하루에 수십 번씩 하는 말이다.

　그러나 인생에서 유일하게 다른 의미로 '안녕'이라는 말을 썼던 순간이 있었다. 단순한 작별 인사, 반가움의 표현이 아니었던 때가 있었다. 삶의 끝자락에 서 있다는 것을 알았을 때, 모두의 행복을 바라는 의미로 안녕이라는 말을 적었다. 내가 가지지 못한 행복을 내가 사랑하는 모든 이가 가졌으면 하는 마음이었다.

　내 인생의 첫번째 챕터의 마지막 배경은 아주 추운 겨울이었다. 추운 날, 높은 곳에서 바라본 풍경은 그리 아름답지 않았다. 마지막으로 보는 풍경이 썩 예쁘지 않다는 것이 꽤 쓰린 순간이었다.

　그리 예쁘지 않은 풍경을 바라보면서 인사를 건네보려 노력했다. 사랑하는 이에게, 아끼는 이에게 마음을 많이 내어주지 못했다는 사실이 속상하기도 한 순간이었고 나를 사랑해주지 못한 내가 미워지기도 한 순간이었다. 그 순간 적은 여러 문장의 마지막이 안녕이라는 말이었다.

안녕, 이라고 끝을 적은 후 인생이라는 책이 끝났다면 나의 안녕이 어떤 의미가 되었을지는 사실 잘 모르겠다. 남은 이들의 마음을 전혀 헤아리지 않은 작별 인사였기에 '안녕'의 의미를 흐려버린 것 같아 여전히 마음이 무겁기도 하다. 반면 그런 시간을 지나왔기에 더욱 소중한 인사로 느껴지는 지금이기도 하다.

오래 잊었던 사람에게 인사를 건넬 때 항상 그 추운 겨울날의 공기를 떠올린다. 이 순간의 소중함도, 오랜만에 건네는 인사의 따뜻함도 그날의 나는 알지 못했을테니까. 이제라도 그날의 나에게 알려주고 싶은 마음에 한 글자, 한 글자 소중히 내뱉을 수 있고 반가움을 꾹 눌러 담을 수 있게 되었다.

여전히 나는 그날 그곳에 서 있던 나에게 미리 말해주고 싶다. 조금만 버티면 웃으며 안녕을 말하고 다시 같은 이를 마주하며 안녕이라 말할 수 있다고, 추운 겨울날 혼자 인사를 남기고 가지 않아도 된다고 미리 말해줄 수 있었다면 참 좋았겠다고 생각한다.

뒤늦은 후회와 여러 미안함이 다시 떠오를 때면 곁의 소중한 이들의 안부를 새삼 묻곤 한다. 하루를 건너, 매일을 건너 당신의 안녕을 기도한다고, 당신의 행복을 언제나 바란다고 온 마음을 다해 말해주고 싶은 탓이다. 예쁜 말들을 아끼지 않고 소중한 순간을 잊지 않고 오래오래 함께 하고 싶다고, 당신 덕분에 오늘 하루도 즐거웠다고 큰 소리로 말해주고 싶은 탓이다. 오늘도 안녕한지 매 순간 궁금하다고 일깨워주고 싶다.

'당신의 하루에도 늘 기쁜 인사가 가득하기를, 안녕하기를.'

< 초록빛 세상 >

'아, 내가 이 날을 살기 위해 살아있구나.'

이 순간을 위해 버텨왔다는 것을 문득 깨닫는 날이 있었다. 그리 특별한 일이 있던 것은 아니지만, 살아있길 잘했다는 생각이 드는 요즘이다.

'살아있다'는 것. 살아 숨쉬는 순간들이 모여 하루를 채워갈 수 있는 것. 한때 나는 살아있다는 말 자체에 괴리감을 느끼곤 했었다. 이유도 모른채 내가 원하지 않는 삶을 산다는 것이, 끔찍한 고통 속에 갇혀 그를 온전히 견뎌내야만 하는 것이 이해가 되지 않았다. 나의 선택으로 만들어 가는 것이 인생이라고 여겨왔는데 내 손으로 내 인생의 마침표를 찍을 수 없다는 사실이, 내가 겪고 있는 현실 만큼이나 끔찍했다.

그렇게 질기게 버티던 내 숨결에도 이유가 있었다는 것을 알게 된 순간은 어느 밤이었다. 사랑하는 이들과 다시 모여 이야기를 나누는 밤, 아끼는 털복숭이와 마음을 나누며 산책하는 밤, 마음껏 돌아다니며 내가 좋아했던 밤 공기를 다시금 들이마시는 밤. 그런 소소한 밤들이 모여 인생을 다시 사랑하게 만들어 주었다.

내가 가장 좋아하는 색깔은 초록색이다. 내게는 보고 있으면 마음이 가장 편안해지는 색깔이 초록이고 내가 사랑하는 모든 것들의 색깔이 초록이기 때문이었다. 내가 살고 있는 지구, 푸르른 식물, 좋아하는 맛의 색깔이 모두 초록이었다.

어두운 터널을 지날 때 바라본 세상은 늘 노을빛이었다. 예쁜 주황빛으로, 분홍빛으로, 푸른빛으로 다양한 노을로 가득 차는 세상이기도 했지만 짙은 회색빛으로 물들기도 하는 노을빛 세상이었다.

버티고 버텨 겨우 편안히 숨을 쉬게 되었을 때에는 옅은 초록을 띤 세상을 볼 수 있었다. 편안하게 느끼는 순간들마다 찾아오는 초록빛 휴식이었다.

그리고 하루를 소중하게 채워 가는 요즘, 나의 세상은 온통 초록빛이 되었다. 알록달록한 무지개가 피어 있는 것처럼 다채로운 순간들로 채워 가고 있다. 그래서인지 나의 온 세상은 우거진 숲이 되었다.

앙상한 가지들로 가시 돋아 있던 흐린 날, 파릇파릇한 새싹들이 피어오르다가도 세찬 비를 맞아 시들어버리기도 했던 여러 날들을 지나 활짝 고개를 든 단단한 잎사귀들과 튼튼한 기둥이 가득 차 있는 초록빛 숲이 되었다.

< 밥알 하나 삼키지 못했던 내가
  사람 좋아 강아지가 된 일에 관하여 >

철없이 버티고 원없이 당하다가
내 숨이 마지막이라고 생각하던 순간이 있었어.
그때 어떤 이유로 내가 살았는지,
다시 눈을 떴을 때 어떻게 숨을 쉬고 있었는지
아무도 모르지.
나에게 있었던 일의 진실은 나만 알고
정말 그 누구에게도 진짜를 말하지 않았으니까.
나에게 아무도 묻지 않았어도 먼저 말할 생각은 조금도 없었어.
내가 찢기고 숨이 꺼져가던 순간이 누군가의 입에 오르내리는 건
원치 않았으니까.
끝까지 숨기고 삼키고 묻었어.
이제 누구를 원망하기보다는
하루하루 가득히 행복으로 채워갈 수 있음을,
다시 음식을 맛있게 먹을 수 있음을,
내가 원할 때 원하는 일을 할 수 있음을,
'내일 뭐하지?' 하는 생각으로 잠에 들 수 있음을,
그렇게 다시 나를 더 더 찾아가고 있음을 기억할 거야.
난간에서 이제서야 땅으로 내려온 기분이 들어.

작가의 말

글을 쓰면서 가장 외롭고 행복했던 시간을 지나왔습니다. 아픈 기억을 떠올리며 한없이 외로웠지만 한편으로는 많은 경험들로 더 단단한 나를 만나게 된 것 같아 행복하기도 했습니다. 이 책을 펼치기 전 당신이 상상했던 공감을 느낄 수 있는 책이었나요? 모든 기억을 담은 책은 아니기에, 어쩌면 전하고 싶었던 말들이 모두 담기진 않았을 수도 있겠습니다.

이 순간의 당신은 행복하신가요? 저는 매순간 행복을 위해 달려왔습니다. 행복하지 못해서 불행하고, 행복할 수 없는 존재라는 생각에 불행했습니다. 여러 시간을 지나 행복의 기준은 스스로 정하는 것임을 깨달았을 때, 다른 이의 말에 휘둘리고 다른 이의 시선에 상처 받았던 내가 얼마나 바보였는지를 알게 되었습니다.

책의 제목 그대로, 저는 밥 한 번을 제대로 먹지 못하는 사람이었습니다. 정신적, 정서적 스트레스가 고스란히 신체적 아픔으로 신체화되는 유형의 사람이기에, 어둡던 시절의 저는 밥알 하나 삼킬 수 없었습니다. 삼키더라도 몸이 토해내는 바람에 수척했던 시절이었기도 합니다. 온몸이 아팠지만 가장 아팠던 건 마음이었습니다.

형체 없는 폭력이 얼마나 잔인한지에 대해 느낄 수 있던 시기였고 여전히 왜 그 일을 겪었어야 했는지 알 수는 없으나 비슷한 아픔을 겪은 사람들에게 한 편의 공감 또는 위로, 응원을 보낼 수 있음에 감사하는 요즘입니다.

한때 죽도록 미워하고 원망했던 나의 스승에게, 나의 연인에게, 나의 동기에게 이제는 담담한 마음이 들게 되었습니다. 더이상은 미워하지도, 원망하지도 않으니 그들도, 나도 행복했으면 하는 마음 뿐입니다.

아이러니하게도 사람에게 무수한 상처를 받았던 시간들 덕분에 단단해진 후, 2년의 회복기를 거친 후 사회로 복귀했을 때 저를 다시 일으켜준 것 또한 사람이었습니다.

사람 덕분에 웃을 수 있었고 다시 나의 쓸모를 찾아갈 수 있었습니다. 우연히 일하게 된 회사에서 인정을 받고 사랑 받기까지, 다시 사람에게 마음을 열기까지 오랜 시간이 걸리기도 하였지만 그만큼 가치 있는 시간을 보낼 수 있었습니다.

지금은 한 팀의 팀장으로, 한 회사의 일원으로, 사랑하는 털복숭이의 가족으로, 한 사람의 친구로 잘 지내는 중입니다. 말 그대로 '사람 좋아 강아지'가 되어 버렸달까요. 사람을 여럿 만나는 자리에서 에너지를 가득 받고 오기도 하고 나와 다른 사람에게서 여러 마음에 대해서 배우기도 하는 소중한 날들을 보내고 있습니다.

당신의 하루, 당신의 쓸모, 당신의 존재 모두 평안하신가요?

저는 이제 어렵게 얻은 삶의 두번째 챕터를 다시 한 번, 열심히 적어내려 볼 계획입니다. 두번째 챕터만큼은 예쁜 해피엔딩으로 마무리하고 싶은 작은 목표가 생겨 하루하루 가득 채워가고 있습니다.

어떤 일을 겪더라도 걱정 마세요, 그건 단지 당신의 인생의 한 챕터의 일부일 뿐이니까요. 견디기 어려운 순간이 온다면, 얼른 그 챕터의 마지막에 마침표를 찍고 새로운 챕터를 써내려가길 바랍니다.

모두를 애정하는 마음을 담아,

2024년 10월 어느 날, 연서 드림.